KB070288

# 엄마라서

# 엄마라서

이민혜 그림 에세이

한겨레출판

엄마에게 바칩니다.

차례

## 1부

## 엄마의 청춘은 밤으로 바뀌었다

## 2부

# 끝과 시작

# 1부

# 엄마의 청춘은 밤으로 바뀌었다

## 엄마는 밥을 짓는다

30년 전에도
1년 전에도
평일에도
주말에도
어제도
오늘도.

하루도 빠짐없이
가족들을 위해 밥을 짓는다.

이젠 아무도 기다리지 않는 저녁밥을 짓는다.

밥이 하얗게 지어지는 동안 엄마의 청춘은 밤으로 바뀌었다.

참기름

# 눈칫밥

'아빠, 엄마 오늘 저기압이네. 왜 그러는 거야?'

'몰라, 얼른 먹기나 해.'

'아빠 때문이지? 어제저녁에 엄마랑 다퉜구나?'

'너희들 때문일걸? 너희 둘 다 어제 늦게 들어왔잖아.'

'아…… 몰라, 몰라. 얼른 먹고 나가자.'

고요한 아침 식사 시간.

눈알 굴러가는 소리.

## 청개구리들

옛날 옛날에 깊고 깊은 산골짜기에 엄마 왕비와 청개구리 세 마리가 살았습니다.

엄마 왕비가 말했습니다.

“일반 쓰레기 넣는 통에 음식물 쓰레기 넣지 말라고 했지! 넣은 사람 누구야?”

개구리들은 대답 대신 울기만 했습니다.
개굴개굴 개굴개굴 개굴개굴

엄마 왕비가 말했습니다.

“청소는 바라지도 않는다. 이불만 좀 개어놓고 나가라!”

개구리들은 대답 대신 더 크게 울기만 했습니다.
개굴개굴 개굴개굴 개굴개굴

세월이 지나도 청개구리들은 엄마 왕비의 말은 듣지 않고 하고 싶은 대로만 하며 울어대기만 했습니다. 청개구리들이 말을 듣지 않아 엄마 왕비는 너무 힘이 들었습니다.

어느 날, 엄마 왕비는 굳은 결심을 한 듯 말했습니다.

"사실 나에게는 숨겨진 능력이 있다. 너희들이 내 말을 잘 들으면 사람으로 바꿀 수 있는 능력이다. 사람으로 바뀌고 싶으면 내 말을 들어라."

과연 청개구리들은 사람으로 바뀌었을까요?

앗, 아직도 그 산골짜기에서는 청개구리들의 울음소리가
들려온다는 슬픈 전설이…… .

개굴개굴 개굴개굴 개굴개굴
개굴개굴 개굴개굴 개굴개굴

## 아프냐, 나도 아프다

대학생 시절, 하루는 어떤 오빠(아마 나쁜 오빠였겠지)의 나를 밀어내는 듯한 미적지근한 문자 한 통 때문에 우거지상을 하고 집에 들어온 적이 있다. 저녁 먹으라는 엄마의 말에 안 먹겠다고 짜증스럽게 대답했다. 엄마는 어디가 아프냐며 걱정스레 되물었지만 나는 "아 몰라, 그냥 안 먹는다고!"라며 더 신경질을 냈다. 물끄러미 나를 바라보던 엄마는 말없이 뒤돌아섰다. 그때 엄마의 목 뒤와 팔뚝에 덕지덕지 붙어 있는 파스들이 보였다. 나는 잠시 멈칫했지만 이내 문을 닫고 내 방으로 들어갔다.

지금은 이름도 기억나지 않는 내 청춘 속의 오빠들. 그때는 그들의 손짓 하나, 표정 하나, 단어 하나, 이모티콘 하나가 나의 일상이었다. 엄마가 해주는 푸짐한 저녁 밥상, 잠깐이나마 나누는 가족들과의 대화는 일상 밖이었다. 아니, 내 안중에 없었던 거겠지.

서툰 사랑의 열병과 함께 그 오빠들이 사라지고 나니 보인다.
어깨가 뭉치고 팔이 아파도 기어코 차려내던 엄마의 아침밥,
그리고 저녁밥.
세상에서 가장 슬픈 비련의 여주인공 코스프레를 하는 딸내미를
보던 엄마의 그때 그 표정. 그 표정에 쓰여 있던 엄마의 마음.

'아프냐, 나도 아프다.'

"서툰 사랑의 열병과 함께
그 오빠들이 사라지고 나니 보인다.
어깨가 뭉치고 팔이 아파도
기어코 차려내던 엄마의 아침밥. 그리고 저녁밥."

## 이토록 가까이에서

한때 엄마야말로 이 세상에서 나를 가장 이해해주지 못하는 사람이라 생각한 적이 있다. (엄마의 기준으로) 결혼 적령기였던 내가 (엄마가 마뜩잖아하던) 한 남자를 만났을 때였다. 언제나 딸의 결정을 믿어주고 지지해주던 엄마가 그를 만나고부터는 나를 믿지 않고 내가 틀리다 했다. 그런 사랑은 힘들 거라 했다. 나의 사랑을 지지하지 않겠다고 했다. 악담이었다. 엄마가 변했다고 느꼈다. 엄마가 내게서 등을 돌린 것 같아 서럽고 억울하고 분했다.

부모가 반대하는 연애는 실패하기도 하고 성공하기도 한다. 내 연애는 보기 좋게 실패로 끝이 났다.

그리고 남은 건 '뻘쭘함'이었다. 사랑의 전령이 되어 홀로 반대세력을 꺾으려던 나의 비장함과 딸의 사랑에 맞설 수밖에 없었던 엄마의 비극은 연애의 끝과 함께 사라졌다. 엄마를

원망하던 마음이 거짓말처럼 증발했다. 엄마에게 날을 세우던 내가 떠올라 나는 슬퍼도 슬프다 말하지 못했다. 엄마도 마음이 아파도 아프다 말하지 못했을까.

엄마와 나는 그렇게 뻘쭘히 한동안을 지냈다.

나는 엄마의 반대 때문이 아니라 그와 나의 문제로 헤어졌다. 그래서 미련도 없고 그 누구에 대한 원망도 없었다. 하지만 돌이켜보면 정말 엄마의 반대가 조금도 영향이 없었을까 싶다. 사실 잘 모르겠다.

엄마와 나는 다르다. 우리는 서로 다른 만큼이나 서로를 걱정하고 사랑한다. 그래서 우리는 이토록 가까이에서 이토록 부딪히는지도 모르겠다.

"엄마도 마음이 아파도
아프다 말하지 못했을까."

## 이놈의 전기장판

어느 겨울밤 엄마랑 같이 일일 드라마를 보는데 엄마가 옆에서 훌쩍였다. 주인공의 엄마가 서럽게 우는 장면이었던 것 같다. 나는 뭐 저런 막장이 다 있나 하면서도 밑에 깔려 있는 전기장판의 따듯함에 취해 그곳을 벗어나지 못하고 있었다.

엄마랑 전기장판 위에서 드라마를 본 건 꽤 오랜만이었다. 드라마 볼 때를 제외하고 엄마가 우는 걸 본 일이 없었다. 엄마의 눈물이 낯설었다.

엄마는 때때로 울었을 거다. 갑작스러운 퇴직 후 무척이나 허무해하던 아빠의 모습에, 이따금 날아오는 나의 날카로운 신경질에, 갈수록 연로해져가는 외할머니의 얼굴에, 이제는 날아가버려 붙잡을 수도 없는 지난날 엄마의 꿈들을 떠올리며 울었을 거다.
어쩌면 우리는, 아니 나는 엄마의 슬픔을 외면하고 살았는지도

모르겠다. 별일 없으니 우리 엄마는 괜찮을 거야, 라고 모른 척하면서.

'이젠 그러지 말아야지.'

다짐하는데 눈이 스르르 감긴다. 오랜만에 기특한 생각 좀 하고 있는데 몸이 노곤하게 풀린다. 드라마 OST가 귓가에서 점점 멀어진다. 옆을 보니 어느새 엄마의 눈도 감겨 있다.

이놈의 전기장판.
오늘은 엄마 옆에서 뜨뜻하게 잠들고 내일은 엄마를 웃게 해줘야지.

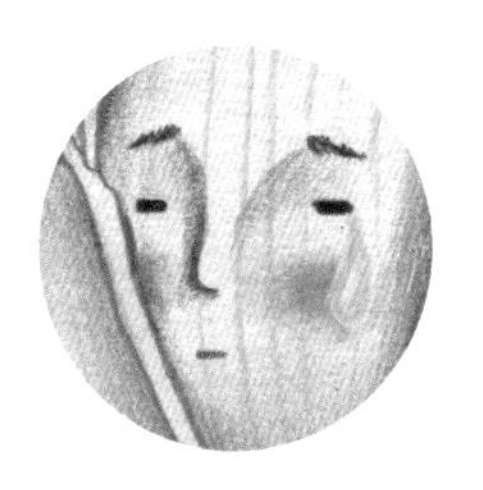

"어쩌면 우리는,
아니 나는 엄마의 슬픔을 외면하고
살았는지도 모르겠다."

## 사랑도 고통도

수많은 엄마들이 있다.
그리고 딸들이 있다.

언제까지나 딸에게 사랑만을 줬다고 생각했던 엄마는 그것이 사랑이 아닌 고통이었음을 깨닫게 되는 순간을 맞이한다.

딸은 엄마의 미숙한 감정 조절로 상처를 받기도 하고
딸을 위한 것이었던 엄마의 행동을 이해하지 못하기도 하고
딸이기에 더욱 단호했던 엄마의 날카로움에 베여 생채기가 나기도 하고 때로는 엄마의 삶에 눌려 숨이 막히기도 한다.

딸에게 사랑뿐 아니라 고통도 함께 주었다는 사실은 엄마에게 큰 허무함을 안긴다. 그저 좋은 엄마가 되어주고 싶어서 했던 노력들이 물거품처럼 느껴지는 때가 온다. 그러나 세상에 완벽한 엄마는 없다는 것, 나의 엄마도 나에게 고통을 줄 수 있는

한 사람인 걸 깨달으며 딸은 자란다.

모든 사랑이 최고의 행복과 최고의 슬픔을 느끼게 하듯,
엄마와 딸의 사랑도 그렇다.

그렇게 엄마와 딸은 함께 자란다.

"세상에 완벽한 엄마는 없다."

## 원더우먼

밤 11시

"엄마, 화장 지우고 자. 주름 더 생겨."

"……."

"그리고 방에 들어가서 좀 자. 만날 새벽에 깨서 씻고 들어가지 말고."

"……."

엄마는 꿈쩍도 하지 않는다. 엄마는 오늘도 거실 티브이 앞에 누워서 씻지 않은 채로 잠이 든다.

새벽 1시

"여보 들어가서 자자."

아빠가 거실에 잠들어 있는 엄마를 깨우러 나온다.
엄마는 눈은 뜨지 않은 채 몇 번 손을 저어 거부하다
결국 아빠의 손에 이끌려 방으로 들어간다.
근래 엄마의 수면 패턴은 거의 이런 식이다.

그리고 더 깊은 새벽

오늘 하루 무엇이 엄마를 그리 피곤하게 했을까.
엄마는 세수할 힘도 없을 만큼 무얼 그리 열심히 한 걸까.

불 꺼진 거실에서 엄마의 퉁퉁 부은 두 다리가 이불 속으로
들어가는 소리를 들으며 혼자 중얼거려본다.

"엄마. 조금 덜 해도 괜찮아. 괜찮아."

## 경고문: 심쿵주의

딸아,

어디서 누구와 뭐 하고 있니.

문자 한 통, 전화 한 통 하는 게 그리 어려울까.

잘생긴 오빠들과 연락할 땐 손에서 놓지 않던 핸드폰은

어디다 던져두었니.

궁금하고 걱정된다는 말을 왜 그리 성가셔하니.

너의 무심함에 오늘도 엄마의 심장은 열두 번도 넘게 철렁인다.

12시가 넘었다.

전화 받아라.

딸아,

내 심장이 떨어지면 그건 바로 너 때문이다.

## 엄마

◇◇◇◇◇

아무런 안전장치 없이 추락할 때,

한없이 내려만 가고 있을 때,

가장 먼저 내 손 잡아줄 사람,

나를 다시 잡아 올려줄 단단하고 뭉툭한 손을 가진 사람.

## 저격수

◇◇◇◇◇◇◇

내가 이렇게 불면증에 시달리는 건,

아직도 여드름이 올라오고 배가 나오고 못생긴 건,

마음에 들었던 소개팅 남에게서 연락이 없는 건,

클라이언트의 지나친 언사에 매번 말 한마디 못 하는 건,

마감이 코앞인데 아무런 아이디어가 떠오르지 않는 건!

"다, 엄마 때문이야!"

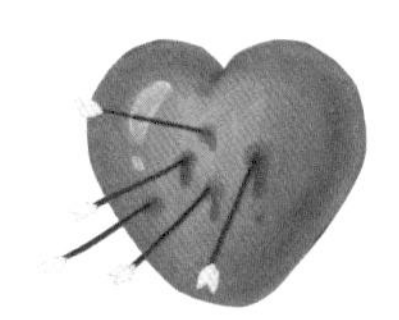

못난 딸의 분노는 왜 늘 엉뚱한 방향으로만 향했을까.

## 그녀에게

◇◇◇◇◇◇◇◇◇◇

나는 한 번도 그녀를 마주한 적이 없다.

그녀는 나의 어린 시절 사진 속에서만 존재한다.

한없이 빛나던 그녀는 나를 만나면서 조금씩 그 색이 바랬다.

내가 자랄수록 그녀는 조금씩 소멸해갔다.

나는 그녀의 시간이 빨리 흐르도록 했고, 그녀에게 행복과
괴로움을 동시에 선사했다.

그녀,

그녀는 엄마의 청춘.

엄마의 마음에서만은 영원히 나이 들지 않기를.

절대 엄마를 떠나지 말기를.

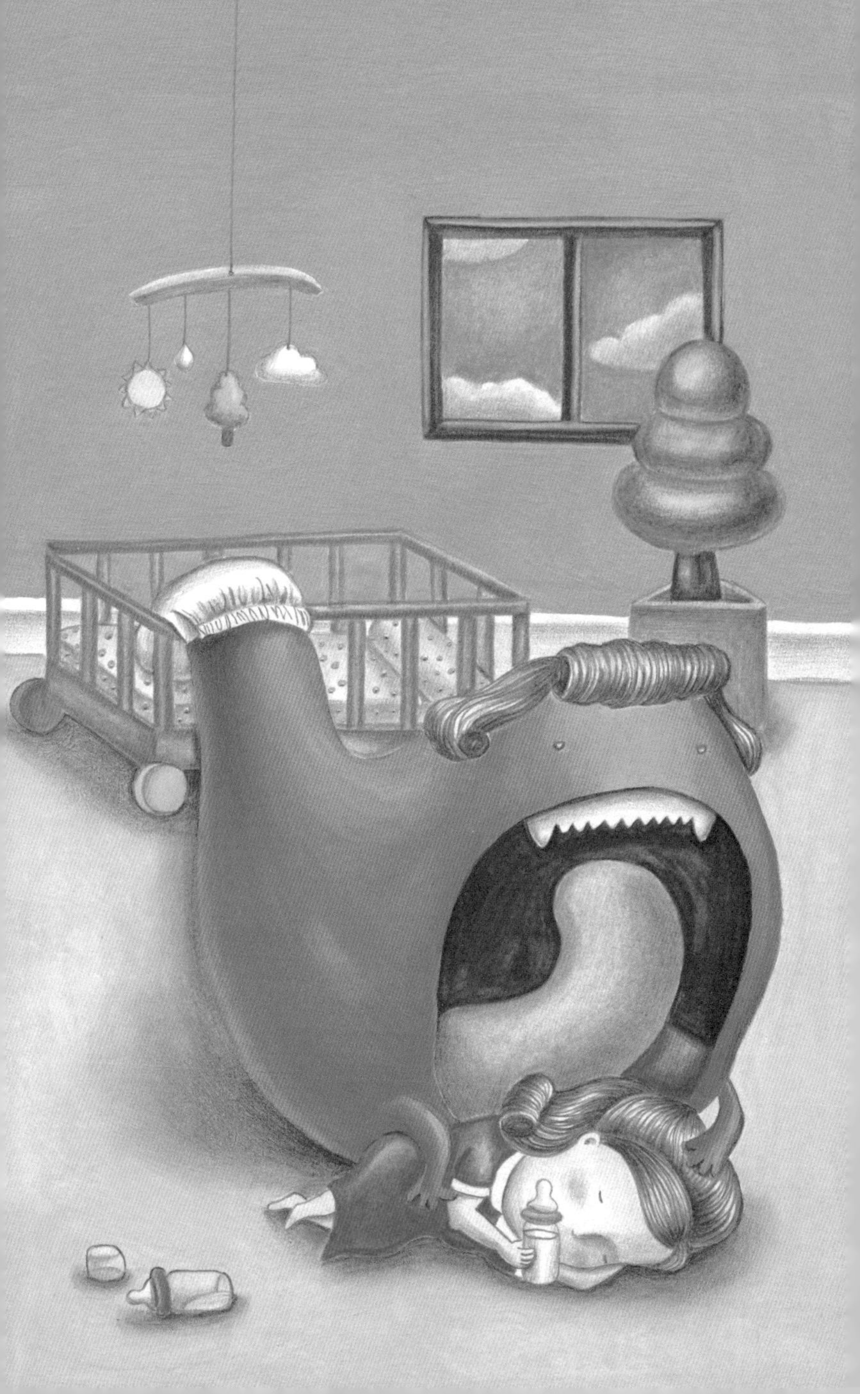

## 마라톤

맞아,
인생은 마라톤이다.

나는 달린다. 엄마는 내 곁에서 내가 길을 잃거나 돌부리에 걸려 넘어지지 않도록 등불을 비춰준다. 나는 곧 페이스를 조절하며 뛰는 것에 익숙해진다. 속도도 제법 붙고, 주위로 더 멋지고 밝은 불빛들이 보인다. 나 혼자 가고 싶어진다. 그다지 밝지도 않은 등불을 들고 가쁜 숨을 몰아쉬며 여전히 내 옆에서 뛰고 있는 엄마가 보인다. 엄마가 조금 귀찮다.

"이제 됐어. 나 혼자서도 갈 수 있어."

호기롭게 외치는 순간 나는 고꾸라진다. 길은 안개에 휩싸여 있다. 땀인지 눈물인지 모를 것이 후드득후드득 떨어진다.
다시 힘을 내어본다. 심장과 다리 힘을 짜내본다.
나는 다시 달린다. 누군가 저 멀리서 나를 걱정스레 지켜보고 있다. 다 꺼져가는 등불을 들고 내 쪽을 비추고 있다.

엄마다.

## 이상한 모임

엄마에게는 조금 이상한 모임이 있다.

한 달에 한 번 엄마는 친한 아줌마들과 남대문시장에 간다.
다른 곳은 절대 안 가고 남대문시장에만 간다. 밥도 거기서 먹고,
시장 곳곳을 돌아다니며 쇼핑하다 그곳에서 헤어진다. 그 모임에
다녀올 때마다 엄마는 잡동사니를 잔뜩 사 온다. 지하철에서나
파는 싸구려 아이디어 상품부터 딸기 모양이나
귤 모양의 알록달록한 수세미, 냄비, 프라이팬, 수면양말,
덧버선 등 그야말로 잡다한 것들이다. 그리고 이 녀석들을
집 안 곳곳에 쟁여두었다가 누군가에게 선물하는 게 어느새
엄마의 취미가 되었다.

"이 수세미 너 쓸래? 이거 엄청 잘 닦인데이."
"아, 근데 너무 무지개색인데……."
"수세미가 잘 닦이면 그만이제."

참기름
유자

"음…… 응…… 알았어. 가져갈게."

"그래 봬도 남대문 신상이여!"

"딸, 이 수면양말도 좀 봐라. 너무 귀엽지 않노?"

"그건 또 어디서 샀어."

"남대문이지 어디겠노. 하나 줄까?"

"아냐, 괜찮아."

"와! 얼마나 좋은데. 여름에도 수면양말은 꼭 신고 자라. 발은 따뜻해야 한데이."

"더워 죽겠는데 무슨 수면양말이야. 그리고 너무 촌스럽…… 아, 아, 알았어. 줘, 줘."

"그래! 꼭 신고 자고, 작업할 때도 신고 해라."

늘 이런 식이다. 나는 엄마의 남대문 보물들이 마음에 들지 않지만 엄마의 얼굴에 서운함이 스치는 걸 보기 싫어서 마지못해 받아 오고는 한다. 어느 날은 엄마가 황토색의 무언가를 내밀며 말했다.

"딸, 이 팬티 봐라. 세상 편하다. 통풍도 잘 되고 면이 참 부들부들하데이. 엄마가 입어보니까 이것만큼 엉덩이를 착 감싸주는 게 없더라."

그것은 팬티였다. 아줌마 팬티. 엉덩이를 넘어 허리까지 감싸주는 넉넉함과 어디에나 어울리는 황토색을 장착했지만 나는 절대 입을 수가 없는 삼각형 모양의 직물.

"……엄마, 그건 안 해. 절대 안 할래. 못 해."
"이그. 알았다. 이 까다로운 가스나야."

어쨌거나, 남대문은 진기한 상품들이 계속 쏟아져 나오는 신비로운 곳이다.

그날 이후 나는 황토색 팬티를 입은 엄마를 가끔 떠올린다. 웃음을 참으며 엄마의 그 모임이 언제까지나 이어졌으면 좋겠다고 생각한다.

## 그림의 휴가

엄마가 즐겨보는 채널이 있다. 휴(休)라는 채널인데 하루 종일 몰디브의 에메랄드빛 바다, 혹은 어느 깊고 깊은 이름 모를 산속의 모습이 나온다.

엄마는 그 채널이 좋다고 한다. 다른 데는 시끌벅적 정신이 사나운데 그 방송을 보면 마음이 편안해진단다. 텔레비전 화면 속 눈부시도록 예쁜 바다를 바라보며 오늘도 엄마는 쉴 새 없이 마늘을 깐다.

엄마는 왜 완벽히 휴(休)하지 못할까.
나는 왜 엄마의 손에서 마늘을 뺏어 대신 까지 못했을까.

## 방

◇◇

나에게는 방이 하나 있다. 기억, 감정, 불안 같은 것들을 쌓아두는 곳이다. 혹은 비밀이나 미워하는 마음, 슬픔, 이기심, 분노 같은 것들을 숨겨두기도 한다.

어릴 적에 엄마는 그 방에 들어와서 묻고는 했다.

"딸, 괜찮니?"

그러면 나는 그때그때 방 안에 있는 것들을 보여주며 엄마와 이야기를 나누었다.

"친구는 잘못한 게 없는데 이상하게 자꾸 그 친구가 미워."

내가 시기심이라는 감정을 내어 보이면 엄마는 내 마음을 보듬고 달래주었다. 그러면 그 감정은 다시 자기 자리로 되돌아갔다.

나는 그 방에 엄마가 머물고 싶은 만큼 머물게 했다.

나는 언젠가부터 엄마를 그 방에 못 들어오게 했다.

"무슨 일 있나?"

엄마가 물으면

"아니"

하고 짧고 퉁명스레 답하곤 방문을 닫았다.
감정이 깊어지고 설명할 수 없을 만큼 복잡해져서, 그런 것들을
내보이는 것이 창피해져서, 누구도 그 방에 들이지 않았다.

그때 나는 내가 어른이라고 생각했다. 매번 엄마를 그 방에 들어오게 하는 건 어른의 행동이 아니라 여겼다. 본인의 감정을 스스로 책임지고 감당하는 게 어른이라고 생각했으니까.

그런데 나에게 조금의 변화가 생겼다. 요즘 들어 방문을 슬쩍 열어놓는 날이 많아졌다. 문틈 사이로 엄마가 나를 볼 수 있도록 말이다.

조금 열어놓은 이 틈이 얼마나 내 숨을 트이게 하는지 예전에는 왜 몰랐을까. 또 엄마의 마음을 얼마나 놓이게 하는지도. 오늘은 엄마가 열어놓은 문틈도 슬쩍 들여다봐야겠다.

## 왜 그래

◇◇◇◇◇◇◇◇

"엄마는 도대체 왜 그래??!!"

오늘도 이 말을 해버렸다.

## 시간

◇◇◇◇◇

나는 항상 바빴다.

엄마는 내 바쁜 시간이 끝나기를 기다렸다.

아빠는 항상 바빴다.

엄마는 아빠가 한가해지기를 기다렸다.

엄마도 바빴다.

엄마의 시간도 가족들의 시간만큼 치열했다.

나는 이제 조금 여유가 생겼고, 아빠는 더 이상 바쁘지 않게 되었다.

엄마는 나이가 들었고, 지쳤다.

## 엄마의 길

엄마도 처음 가보는 길에선

당황하고, 좌절하고, 무너지며 그렇게 걸었을 거다.

"니들이 있어서 버틴다."

그렇게 되뇌며
걸었을 거다.

## 선택

◇◇◇◇◇

딸이 사랑하고 깨지고 다치는 것을 맨눈으로 지켜보며
엄마는 무슨 생각을 했을까?
엄마도 힘들었을까?

마뜩잖은 놈들 때문에 힘들어하는 딸을 보는 게 쉬운 일은
아니었을 거다.
그래서 그렇게 나와 싸웠을까.
나는 도무지 말을 안 듣는 딸이었다. 내 앞날을 걱정해서 하는
말인데 어쩜 그리 엄마에게 날을 세우고 원수처럼 노려보고
원망을 했던 걸까.

엄마는 정말 내 마음을 몰라줬다.
내가 누구를 사랑하고 선택하는지는 오로지 나의 몫인데,
엄마는 개입하고 부정했다.
드라마에 나오는 속물 같은 엄마들과 다를 바가 없었다.

엄마도 아빠가 아닌 누군가를 사랑해보았을 텐데,
어쩜 그리 내 마음을 몰라주었을까.

딸이기에 느끼는 더 서운한 것들이 있다.
엄마이기에 느끼는 더 안타까운 것들이 있다.

어쩔 수 없는 원망들이 있다.

## 고인 눈물

엄마 아빠의 부부싸움은 희한하리만치 같은 패턴으로 반복된다. 사소하고 아무것도 아닐 수 있는 일에서 발단해 서로가 서로의 주장을 내세우며 전개되고 엄마가 '예전에'라는 단어를 사용해 각종 옛일들을 (길게는 30년도 더 된 일들이다) 꺼내며 절정에 다다른 후 결국 아빠가 입을 닫음으로써 결말을 본다. 왜 항상 부부싸움은 과거사 들춰내기로 끝나는 것일까.

엄마는 그 세대 며느리들에겐 흔한(?) 고부 갈등을 겪었다. 할머니의 행동이나 말은 엄마에게 깊은 상처가 되었다. 엄마는 할머니에게 단 한 번도 반박하지 못했고 상처는 단단한 응어리로 맺혔다. 한 관계의 틀어짐은 다른 관계까지 틀어지게 할 만큼 강력했다.

엄마 가슴에 맺힌 말들이 눈물이 되어 흐른다.
아빠는 고인 눈물 속에서 허우적댄다.

엄마도 아빠도 할머니도 엄마의 눈물을 모른 척하며 살아간다.
고인 눈물이 마르면 보이게 될 어떤 진심을 마주하는 게
그렇게 겁이 나는 걸까.

"엄마 가슴에 맺힌 말들이 눈물이 되어 흐른다.
아빠는 고인 눈물 속에서 허우적댄다."

## 우리는

우리는 그런 데 안 간다.
우리는 그런 거 안 본다.
우리는 그런 옷 안 입는다.

우리는,
우리는,
우리는…….

나의 질문에 엄마는 항상 주어를 틀리게 말한다.
'나는'이라고 해야 하는데 '우리는'이라고 한다.

'나'를 잃어버린 엄마들이 힘을 얻기 위해
'나' 대신 '우리'라는 대명사를 넣기로 한 것일까.

아니면,

'나'의 의견, '나'의 욕망을 말하는 것이 어느 순간 낯선 일이 되어
'우리'라는 호칭을 끌어온 것일까.

'우리는'이라고 말하는 엄마가
나는 왜 작아 보이고 힘없어 보일까.

엄마는 '나'를 되찾을 수 있을까.
엄마는 '나는'이라고 다시 말할 수 있을까.

"엄마는 '나'를 되찾을 수 있을까."

## 합창단

◇◇◇◇◇◇◇

큰 소리로 가곡을 흥얼거리는 엄마를 보니 오늘이 합창단 연습날인 모양이다. 엄마는 연습날이면 조금 들떠 보인다.

"아직 안 들켰어?"
"입을 크게 벌리면서 하면 절대 티 안 난다."

엄마는 고등학교 동문 합창 단원이다. 몇 년째 합창단에서 활동하고 있다. 그런데 사실 엄마는 음치다. 지휘자가 독창을 시킬까 봐 조마조마했는데 옆 사람을 시켰다는 이야기를 무용담 펼치듯 말한다. 타고난 음치면서 왜 하필 합창을 여가 활동으로 선택했을까. 고운 목소리들 사이에 있으면 자괴감만 커질 것 같은데.

"이번에는 고향에 가서 특별공연 한다. 1박 2일간 아빠 밥 잘 챙겨드려라."

"뭘 또 고향까지 내려가서 해. 거기까지 가서 노래 못하는 거 걸리면 더 민망하지 않을까?"
"딸, 엄마는 안 걸리니까 걱정하덜 마쇼. 이 드레스 좀 봐봐라. 노오란 게 정말 곱제? 이번 특별공연을 위해 특별제작 한 거다."

엄마의 드레스는 반짝이는 소재로 되어 있어 눈부시게 빛이 났고 우아하지는 못해도 꽤 사랑스러웠다. 반짝이는 드레스를 바라보는 엄마의 얼굴도 반짝반짝 사랑스러웠다. 아주 옛날 혹시 못 이룬 꿈이 있냐고 물었을 때 '가수'라고 대답하며 소녀처럼 부끄러워하던 엄마가 떠올랐다. 엄마의 사랑스러운 꿈을 응원하지는 못할망정 옆에서 놀리기나 하고 있다니. 갑자기 이런 딸인 게 부끄러워졌다. 집을 나서는 엄마의 뒷모습을 향해 급히 외쳤다.

"엄마! 가서 입 크게 벌리면서 노래 잘하고 와."

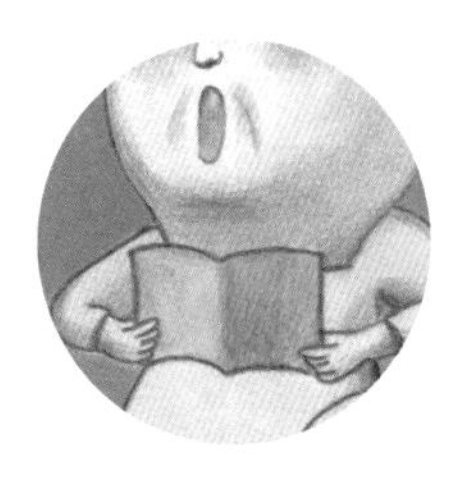

"아주 옛날 혹시 못 이룬 꿈이 있냐고 물었을 때
'가수'라고 대답하며 소녀처럼 부끄러워하던
엄마가 떠올랐다."

## 활화산

어느 날 나는 알아버렸다.
엄마에게 갱년기가 왔다는 것을.

엄마는 가족들이 무심히 한 말에도 바늘에 찔린 사람처럼 경기를 일으키며 짜증을 냈다. 너그럽고 유쾌하던 엄마는 엄격한 잣대로 가족들의 말 한마디 행동 하나도 놓치지 않고 재단해나갔다.

'갱년기라서 그런 거야.'

나는 속으로 이 말을 계속 되뇌며 엄마의 갱년기를 잘 넘겼다.
아니, 잘 넘겼다 착각했다.

사람의 모든 병은 자국을 남긴다. 병이 짙고 오래될수록 자국도 깊고 넓어진다. 엄마의 갱년기는 엄마를 예민하고 방어적인 사람으로 바꾸어놓았다.

엄마의 짜증을 그대로 받아내는 것으로 엄마를 이해하고 있다고 생각했다. 잘 참고 견뎠다 생각했다. 하지만 그것은 엄마를 방치한 것과 다르지 않았다. 혼란의 소용돌이에 빠진 엄마를 쳐다만 보고 있었으니까.

갱년기는 엄마에게 지울 수 없는 어떤 자국을 남긴 것 같다. 용기를 내어서 엄마의 분노를 정면으로 마주했더라면 어땠을까. 그 시간이 지나가기를 기다리지 않고 같이 소리 지르고 같이 울고 같이 웃었다면 어땠을까.

그랬다면 무언가 조금은 달라졌을까.

그 시간이 지나가기를 기다리지 않고
같이 소리 지르고 같이 울고
같이 웃었다면 어땠을까.

## 여신

◇◇◇◇◇

30여 년간의 결혼 생활은 그녀를 여자에서 엄마로 바꾸어놓았다.
그녀는 갈수록 전지전능해졌고, 자의 반 타의 반 요리, 청소,
빨래의 여신이 되었다. 남편 내조와 자식들 키우기에 이르러서는
'인내와 희생의 달인'이라는 부제까지 얻었다. '우리 집 체력왕'
이라는 타이틀도 굳건히 유지하고 있다.

우리 집의 중생들은 그녀 없이는 하루도 살 수 없는 존재들이다.
그들은 헛된 믿음으로 가득 찬 한심한 존재들이다. 그들은
엄마가 영원할 것이라는 믿음을 가지고 있다. 엄마의 타이틀이
진짜라고까지 믿고 있다.

하지만 그런 삶을 그녀가 원한 건 아니었다.
그들이 덧씌운 여신의 모습 뒤에서 여자는 내내 울었다.
그녀가 원한 건 아니었다.

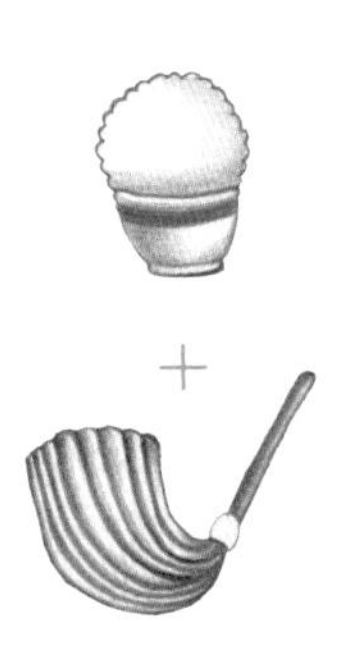

"그런 삶을 그녀가 원한 건 아니었다."

## 어쩌다가

퇴직 이후 아빠는 삼식이가 되었다. 집에서 하루 세끼를 꼬박 먹게 된 거다. 아빠는 방에서 무표정하게 뉴스나 바둑 채널을 보고 책을 읽으며 하루를 보낸다. 30여 년간 다닌 회사의 중역에서 하루아침에 삼식이가 된 아빠는 끼니때마다 본인의 칼 같은 배꼽시계를 원망하는 듯 괜히 배를 벅벅 긁으며 안방에서 나온다. 그러고는 아주 공손한 자세로 엄마에게 나지막이 말을 건넨다.

"여보, 밥 좀……."

엄마는 말없이 부엌으로 간다.
엄마의 하루도, 아빠의 하루도 긴 요즘이다.

## 등짝 스매싱

감긴 내 두 눈을 깨우는 전율.
매일같이 밀려오는 귀차니즘을 몰아내는 짜릿한 각성제.
젊음에 취해, 사랑에 취해, 허세에 취해 비틀거리던 나를
일으키는 강력한 한 방.
세상의 불공정함과 추악함에 익숙해지려 할 때 날아오는 마찰음.
척추신경을 타고 두뇌까지 전광석화의 속도로 도착하는
불꽃 충격.

그것은 바로
엄마의 등짝 스매싱.

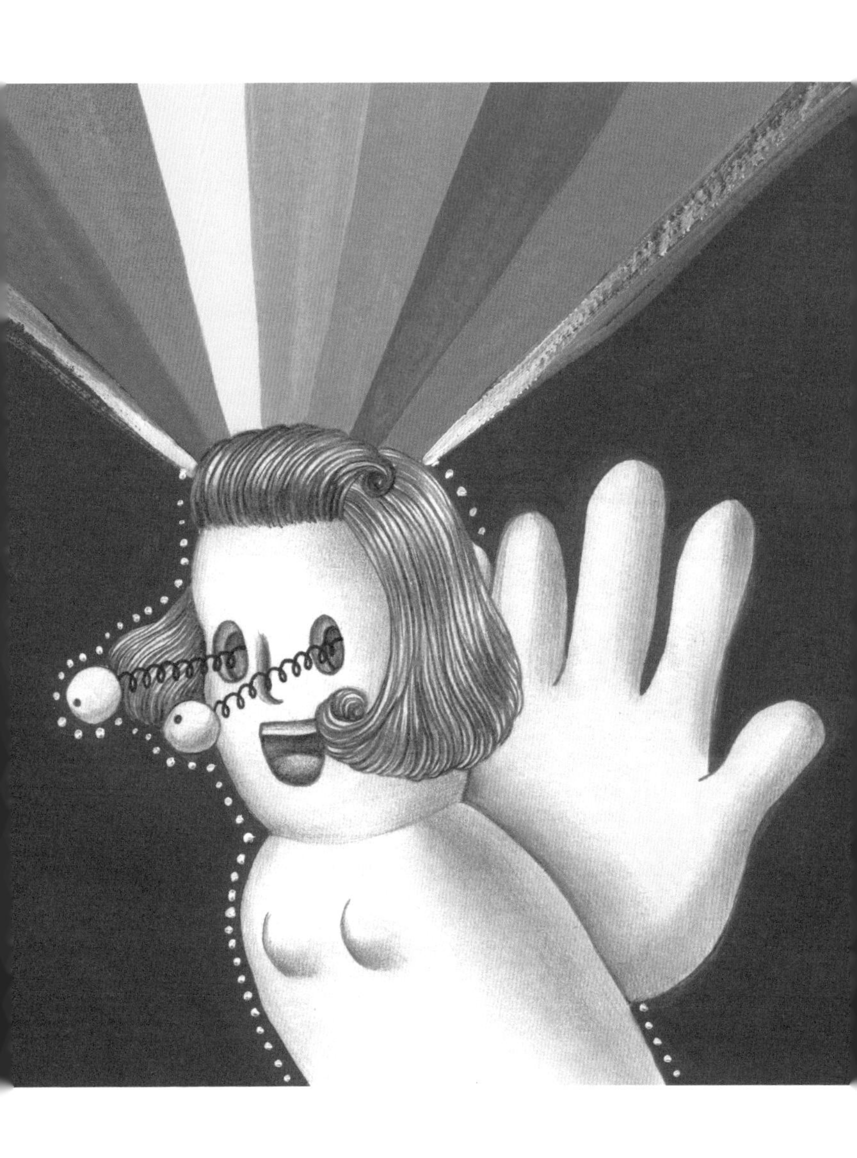

## 엄마만은

나는 힘든 일이 있을 때면 항상 숨곤 했다.
방 안 침대에서 숨죽여 울곤 했다.

아무도 듣지 못하도록.
아무도 눈치채지 못하도록.

몇 날 며칠을 혼자 추스르고 무너지고를 반복하면서도
못나고 초라한 나를 결코 밖으로 보이지 않았다.

무슨 일이냐 괜찮냐 물어오는 이에게는 괜찮다고 했다.
관심을 거둬주기를 바라는 표정으로.

나는 내가 굳세고 듬직한 맏딸인 줄 알았다.
힘들어도 티를 내지 않는 속 깊고 어른스러운 큰딸인 줄 알았다.

그런데
그게 아니더라.
엄마는 알고 있더라.
엄마만은 알고 있더라.
곁에서 다 보고 다 알고 있더라.

내 속이 깊지 않아도
내가 어른스럽지 않아도 괜찮단다.
큰딸이기 전에 그냥 딸이란다.
항상 사랑하는 딸이란다.

"엄마만은 알고 있더라."

## 레드카드

◇◇◇◇◇◇◇◇◇◇

삐이이이이익!

오늘도 심판은 세차게 휘슬을 분다.

세상 무서운 줄 모르고 밤늦게까지 싸돌아다니는 너, 경고.

밥 잘 챙겨 먹고 다니라는 말은 귓등으로도 듣지 않는 못된 너, 경고.

주말이면 12시까지 퍼 자는 게을러터진 너, 경고.

세 평짜리 방 하나도 안 치우는 더러운 너, 경고.

빼애애애애액!

비명을 지르며 할리우드 액션으로 쓰러진 선수는 오늘도 일어날 줄을 모른다.

"아, 엄마. 나 일부러 그러는 거 아닌데. 나 오늘 아파요. 오늘만 좀 봐줘요, 네?"

NO

## 대물림

우짜노. 우짜노.

새로 출시된 짜장 라면의 이름이 아니다. 우리 엄마가 걱정하는 소리다. 우리 가족, 아니 이 세상 걱정 혼자 다 하는 소리.

엄마는 걱정이 많다. 정확히 말하면 걱정이 유난히 많은 편이다. 내가 무슨 일을 한다고 하면 일단 걱정부터 하곤 했다.

"엄마, 나 남자친구 생겼어."
"깊이 사귀지는 말고 친구처럼 지내라. 나중에 결혼 안 하게 되면 우짜노."

"엄마, 나 학교 다녀올게."
"민소매 안 된다, 갈아입어라. 카디건 챙겨 가고. 여름 감기가 더 무섭다. 감기 걸리면 우짜노."

"엄마, 나 친구들이랑 여행 가려고."
"단디 해야 된다. 여자들끼리 가는 거 엄마는 걱정되는데…….
엄마는 니 떠나는 순간부터 걱정돼서 이제 우짜노."

"엄마, 나 시댁에 다녀올게. 오늘은 제발 빈손으로 오라셨어."
"우짜노! 아무것도 준비 못 했는데. 조금만 기다려라 엄마가
과일 가게에서 귤 한 박스만 사 올게."

언젠가 엄마와 둘이서 밥을 먹고 있는데 외할머니께 전화가
왔다. 3분여의 통화 동안 엄마의 목소리가 점점 가라앉더니
전화를 끊고는 엄마가 버럭 신경질을 냈다.

"하여튼 만날 우짜노 우짜노. 늙은이가 앉아서 하루 종일 자식들
걱정만 하고 있구먼. 우짜노 소리 정말 지겹다. 참말로 우짜노."

내 귀를 의심하지 않을 수 없었다. 나중에 내가 딸을 낳으면 엄마처럼 될까 봐 무서웠다.

아, 우짜노.

.

.

.

.

.

.

.

.

.

아! 우짜노!

## 테트리스

손발이 척척 맞아야만 가족인 건 아니잖아.

매일 웃음꽃이 피어야만 가족인 건 아니잖아.

좋아하는 텔레비전 채널이 같아야 가족인 건 아니잖아.

해외로 가족 여행을 다녀와야만 가족인 건 아니잖아.

서로 닮은 듯 사실은 매우 다른 이들이

서로를 맞춰보려고 무진장 애쓰는 거.

그건 가족이지.

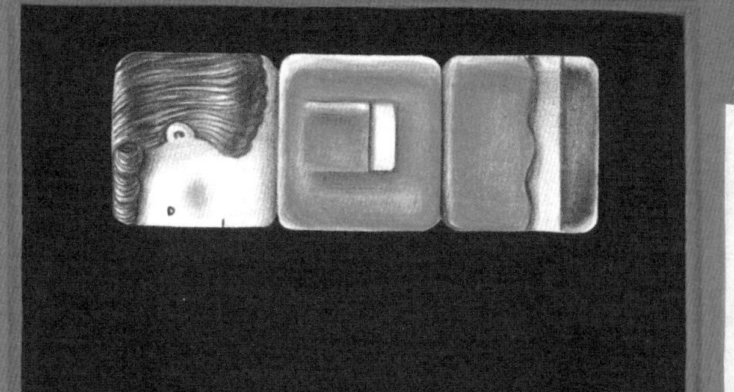

NEXT
?

GOAL
HARMONY

PLAYER : ME
TIME
NOT MUCH

## 매직 카펫 라이드

궁둥이가 따땃.

가슴팍과 겨드랑이에선 땀이 쫄쫄.

어느새 두 눈은 스르르륵.

열이 많은 아빠는 들어올 수가 없겠네.

그래서 온도를 이렇게 높인 걸까?

분홍 꽃이불과 함께하는 엄마의 한 평짜리 쉼터.

손발이 차가운 엄마의 완소 아이템.

오늘의 걱정을 내일로 미루게 하는 강력한 수면제.

늘 그 자리에서 대기하는 엄마의 매직 카펫.

오늘 밤도 엄마는 마법의 양탄자를 타고 떠난다.

# 2부

# 끝과 시작

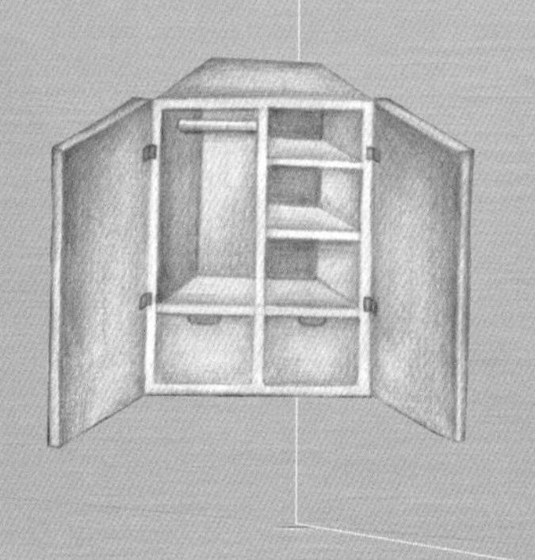

"그래서 그쪽 어른들은 어떤 분들이신데?"
"몰라. 아직 안 만나봤어."
"얼른 만나 봐야지. 시어른들이 어떤지가 얼마나 중요한지 아나?"
"중요하긴 뭐가 중요해. 내가 그분들이랑 살 것도 아니잖아. 그리고 남친 만난 지 3개월밖에 안 됐거든? 남친한테 지금 너희 부모님 만나보고 싶다고 하면 완전 부담 주는 거라고."
"쯧쯧. 한번 살아봐라. 중요한가 안 중요한가."

얼마 후 나는 예비 시부모님을 만났다. 예비 시부모님은 '둘이 잘 어울리고 보기 좋네. 재밌게 잘 만나세요'라는 말을 남기고 20여 분 만에 자리를 뜨셨다. '쿨한' 어른들이었다. 그래서 나는 우리는 우리대로 잘 살고 시부모님들은 그분들 인생 잘 살면 그뿐이라고 생각했다.

결혼 후 시부모님과 밥 먹는 횟수가 한 끼 두 끼 늘어났다. 남편의 어린 시절이 담긴 사진첩에서 남편과 똑 닮은 시아버지와 예쁜 원피스를 입은 시어머니의 젊은 날을 발견했다. 새아가 잘 지내니 하며 꽃 사진과 함께 보내는 시아버지의 다정한 문자를 읽게 되었고, 쿨한 고부 관계를 지향하신다면서도 가끔 손수 담근 김치, 된장, 고추장을 보내주시는 시어머니를 보게 되었다. 엄마 아빠만큼은 아니지만 그분들을 사랑하게 되었다.

이번에도 엄마가 맞았다. 결혼과 함께 내 인생에 남편과 시댁 식구라는 어렵고도 중요한 공 두 개가 추가되었다. 저글링의 난이도가 올라간 만큼 나는 더 허둥대고 실수한다. 이 연습 과정을 즐기면 나도 언젠가 능숙해질 수 있을까? 확실한 건 나의 노력 없이는 보람도 즐거움도 느낄 수 없다는 것이다.

인생도 결혼도 저글링이다.

"인생도 결혼도 저글링이다."

## 저 너머의 그녀들

엄마와 누워 드라마를 보던 '평화로운' 저녁이었다.

"니 미정이 알제?"
"아니, 그게 누군데?"
"왜 은숙 이모 딸 있잖아. 미정이 남자친구가 네 살이나 어린놈이라 카더라. 연봉을 어마어마하게 받는 금융맨이라나. 미정이가 그놈이랑 곧 결혼한다 카더라."
"……."
"니 예전에 진희 이모 결혼식에서 미정이 보지 않았나?"
"아 몰라…… 기억 안 나……."
"그럼 니 유림이는 아나? S전자 다니는 애. 개는 이번에 과장으로 특진했다 카대. 다들 우째 그리 똑 부러지는가 몰라."

뜬금없는 미정이와 유림이의 등장에 나는 방으로 들어와버렸다. 미정인지 머시긴지 본 적도 없는 여자에 대한 엄마의 중계가 정말 싫었다. 방구석에서 그녀를 한없이 미워하고 있는 내가 한심했다.

사실 알고 있었다. 미정이와 유림이가 누군지. 나보다 언제나 한발 앞서고, 도전한 건 반드시 성취하고, 운까지 따라주어 완벽하고 우아한 삶을 사는 그녀들. 오직 엄마의 입을 통해서만 실체가 드러났다 사라지는 신비로운 존재. 엄친딸. 몸 좋고 능력 좋다는 연하남은 어디서 어떻게 만난 건지, 어떻게 해야 남들보다 빨리 과장이 되는 건지, 아이를 낳고도 어쩜 그렇게 날씬하고 예쁠 수 있는지. 엄마 주변에는 미정이, 유림이가 왜 그리 많은 걸까.

"응, 우리 큰딸? 잘 살지 잘 살아. 결혼했으니까 이제 걱정 없지 뭐. 남편 월급이 있으니까 지도 이제 좀 마음 편하게 하고 싶은 작업만 하면서 사는 거지 뭐."

엄마 주변에는 미정이, 유림이가 왜 그리 많은 걸까.

친정집에서 엄마가 친구와 통화하는 소리를 들으며 나는
소스라쳤다. 그 당시 나는 몇 개월째 일이 들어오지 않아
심한 속앓이를 하고 있었다. 그렇게 스스로가 사라질 것만
같은 불안감에 하루하루를 살던 내가……! 결혼 후 남편의
안정적 수입을 획득한(?) 여유롭고 우아하게 일하는 프리랜서
일러스트레이터인 '엄친딸'이었던 것이다.

엄마 친구 딸의 실체는 바로 그거였다. '엄친딸'은 실체 없이
떠도는 말이었다. 엄마들이 게으르고 나약해진 딸이 얄미울
때 꺼내 드는 카드거나, 딸 자랑이나 실컷 하고 싶은 날 과정을
생략한 완벽한 편집이 만들어낸 판타지인 것이다.

그녀들은 빨리 승진했지만 자녀와 함께 있는 시간이 부족해
속상하고, 잘생기고 능력 있는 연하남은 철없이 항상 애를
태우며, 그녀들의 날씬하고 예쁜 몸은 금식과 운동으로 만든

피나는 노력의 결과물이다.
그녀들은 나와 비슷한 누군가의 딸들이다.

나는 그녀들이 진짜 '엄친딸' 같은 삶을 살았으면 좋겠다.
행여나 가슴 아픈 소식이 들려오지 않기를 바란다.
진심으로, 그녀들의 안녕을 기도한다.

## 애인

◇◇◇◇◇

"오랜만이네."

목소리에서 약간의 서운함이 묻어난다. 마감을 앞두어서 정신이 없는데, 그런 나에게 '넌 매정하게 엄마한테 전화 한 통 없느냐'는 느낌을 한껏 실어 말하는 엄마를 이해할 수 없었다. 그리고 문득 남편과 연애하던 때, 하루하고도 8시간 만에 연락이 닿은 그에게 한 나의 첫마디도 '오랜만이네'였다. 이 다섯 글자에 '넌 아무리 출장 중이어도 어떻게 요즘 같은 LTE 시대에 문자 하나 없이 깜깜무소식이냐 나쁜 놈아'라는 나의 마음을 최대한 실었던 것 같은데 그가 알아챘었는지는 모르겠다.

며칠 뒤 퇴근길에 동생을 만나 엄마는 왜 내가 매일 연락 안 하면 서운해하는 거냐고 투덜댔다.

"그냥 연락 좀 자주 해. 이 무심한 딸아. 엄마는 항상 언니가

그립지. 갑자기 눈앞에서 안 보이니까 걱정되고. 그리고 언니가 결혼 전에 어땠는지 생각해봐."

동생은 철없는 언니에게 가르침을 주었다. 몸이 약해 항상 골골거리는 데다 영양제는 사다 줘도 죽어라 안 챙겨 먹고, 머리카락, 각질, 각종 먼지와 동고동락하기를 꺼리지 않으며, 요리의 '요' 자도 모르는 딸이 결혼이라는 걸 해서 도대체 어떻게 하루하루 살아가는지 엄마는 궁금하고 걱정이 되었던 거다.

그날 밤 엄마에게 전화를 걸었다.
조금 어색했던 내 목소리가 티 안 났기를 바라며.

"엄마, 뭐 해~?"

"그날 밤 엄마에게 전화를 걸었다.
조금 어색했던 내 목소리가 티 안 났기를 바라며."

## 숙제

◇◇◇◇◇

"그래, 너는 뭐 좋은 소식 없어? 만나는 사람은 있고?"

앗, 또 하지 말았어야 할 말을 해버렸다.

결혼식장에서 오랜만에 한 친구를 만났다. 잠깐의 침묵이 어색해서 별로 궁금하지도 않은 걸 또 물어버렸다. 만나는 사람이 있겠거니, 곧 결혼하겠거니 하면서 물어봐버렸다.

"좋은 소식? 딱히 없네."

친구의 어색하게 웃는 입술이 더 굳어진다. 속으로는 '연락도 안 하면서 내가 누구를 만나는지, 언제 결혼하는지는 그렇게 궁금했니? 너는 결혼했다 이거지? 그렇게 영혼 없는 얼굴로 쉽게 물어볼 질문은 아닌 것 같다'라고 생각하지는 않았을까.

결혼 전 20대 후반, 친구들의 결혼식장에서 축하를 해주고 집에 돌아가면 왠지 가라앉는 기분을 떨치기가 어려웠다. 친구들이 다 떠나고 없는 교실에 앉아서 나만 남은 숙제를 하는 기분이었다. 숙제를 얼른 풀고 교실을 벗어나고 싶은데 언제 끝날지 몰라서, 끝날 것 같지 않아서 답답했다. 외롭고 초조했다.

그랬던 나를 그새 잊어버리고 이런 무심한 질문을 하다니. 다음에 그 친구를 다시 만나면 꼭 이렇게 말하고 싶다.

"결혼이라는 숙제를 꼭 풀어야 하는 건 아니라고 생각해. 아니 결혼은 숙제가 아니야. 인생이라는 어려운 숙제를 같이 풀어나갈 사람을 만나서 사는 게 결혼이라면 그 사람을 꼭 만나지 않아도 돼. 혼자 잘하는 사람들도 많아. 하지만 언제가 되었든 누군가와 함께하기로 했다면 나는 지지와 축복을 전할게. 어쨌든 결혼은 인생의 여러 선택지 중 하나일 뿐이고 그 선택지의 정답은 아무도 모르는 거 아닐까. 이 모든 게 결혼한 자의 여유처럼 들리지 않기를 간절히 바란다."

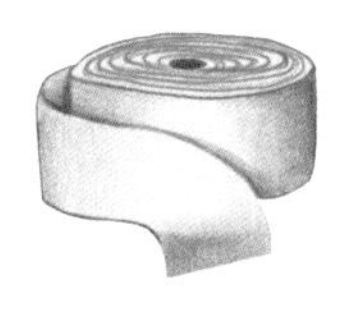

아니다. 이런 쓸데없는 얘기는 하지 말고 그냥 반가워하기만 해야겠다.

## 끝과 시작

소년이 어른이 되는 12년간의 성장을 다룬 영화 〈보이후드〉를 보는데 결혼 얼마 전의 엄마와 내가 떠올랐다.

"시집가니까 그리 좋냐?"
"좋지. 시집가는데, 안 좋겠어?"
"그만 좀 웃어라. 꼴 보기 싫다."

그렇게 말하는 엄마가 미웠다. 무뚝뚝한 엄마의 경상도 말투가 싫었다. 딸의 새로운 앞날을 웃는 얼굴로, 다정한 말투로 축복해주길 바랐다. 예민한 예비 신부에게 저런 식으로 말하는 엄마는 우리 엄마밖에 없을 거라고 생각했다. 서운해서 며칠 동안 엄마랑 말도 안 했다.

주인공 메이슨은 19살이 되어 엄마 품을 떠난다. 자유로운 세상으로 떠난다는 설렘에 메이슨은 마냥 들떠 있다. 신이 나서

짐을 싸는 아들을 바라보며 엄마가 말한다.

"나는 뭔가가 더 있을 줄 알았어."

그렇게 말하는 엄마의 얼굴은
세상에서 제일 허무한 사람의 얼굴처럼 보였다.
그리고 그건 내 결혼을 지켜보던 내 엄마의 표정이기도 했다.

"나는 뭔가가 더 있을 줄 알았어."

## 꽉 찬 된장국

엄마의 된장국은 황태 머리, 다시마, 멸치, 조개, 된장, 고추장으로 (비밀 재료가 더 있는 게 분명하다!) 국물을 내어 맛이 참으로 진하고 깊다. 국물보다 건더기의 양이 압도적으로 많은 것이 특징이다.

건더기가 그득한 된장국은 엄마를 닮았다. 빈 곳이 없는 엄마의 사랑을 닮았다. 나는 그게 익숙하고 지겨워서 다른 음식을 찾곤 했다. 넘치도록 많고 넉넉한 것이 복에 겨운 줄 모르고 다른 걸 먹겠다고 밖으로만 돌아다녔다. 파스타를 먹으며 사랑을 찾았고, 삼겹살을 구우며 친구들과 캠핑을 했고, 혼자일 때는 피자를 시켜 먹었다.

엄마의 된장국은 항상 식탁에 있었다. 엄마의 된장국을 흉내 낸 나의 된장국이 오늘 우리 부부의 식탁에 차려져 있다. 엄마의 된장국 속에 꽉 차 있던 것은 엄마의 사랑이었다.

건더기가 그득한 된장국은 엄마를 닮았다.

## 헹가래

◇◇◇◇◇◇◇

어느 일요일 아침, 이불을 널기 전에 물기를 털어내고 있었다. 힘껏 털 때마다 이불과 함께 나도 날아갈 것 같았다. 팔과 어깨가 뻐근해왔다. 남편이 문득 말했다.

"엄마들은 정말 대단한 것 같아."

나는 대번에 그 말이 무슨 뜻인지 알았다.

'이토록 끝없이 반복되는 고된 집안일을 엄마는 어떻게 몇십 년간이나 혼자 해왔단 말인가. 우리는 두 명분의 일을 하는 것도 이렇게 힘이 드는데 엄마는 무려 네 사람분의 식사, 빨래, 청소를 (이렇게 간략히 요약되면 집안일의 의미가 축소되는 것 같아 조심스럽지만) 해왔다는 사실이 경이롭고 존경스럽다'

는 것이었다.

나는 말없이 고개를 끄덕거렸고,

우리는 서로의 엄마를 떠올리며 조용히 이불을 털었다.

털어도, 털어도 자꾸만 물기가 났다.

"우리는 서로의 엄마를 떠올리며 조용히 이불을 털었다."

## 목욕

대중목욕탕에 대한 나의 기억은 어린 시절에 멈춰 있다. 엄마는 주말이면 동생과 나를 데리고 대중목욕탕에 가곤 했는데, 또래 남자아이들을 알몸으로 마주치는 게 싫어지면서 발길을 끊게 되었다. 그 이후 엄마도 더는 목욕 가자는 말을 하지 않았다.

어느 날 반질반질하고 발그레한 얼굴을 들이밀며 엄마가 말했다.

"엄마 피부 봐라. 목욕하고 오니 참말로 좋아지지 않았노? 니도 얼굴에 뭐 난다고 난리 치지 말고 목욕탕이나 갔다 와봐라. 피부에 윤기가 돌기다."

만년 피부 트러블로 고생하던 나는 그 말에 혹해서 정말 오랜만에 엄마와 목욕탕에 갔다. 피부가 좋아진 건 잘 모르겠지만 트리트먼트로 범벅된 머리를 수건으로 터번을 만들어 야무지게 감싸고 뜨끈한 탕에 들어갔을 때의 찌릿함은

정말 좋았다. 하얗고 보들보들하고 오통통한 엄마의 살결, 엄마 등을 밀어줄 때의 푹신한 느낌, 엄마와 마주보면서 로션을 바르는 느낌은 노곤노곤하고 촉촉한 행복감을 가져다주었다. 그 후로 엄마가 "목욕 가자" 하면 곧장 목욕용품을 챙겨서 엄마와 같이 집을 나서곤 했다.

그날 우리는 말없이 목욕을 했다. 엄마는 탕에서 막 나온 나에게 뒤로 돌라는 손짓을 했다. 몸을 돌리자 엄마는 내 등을 가만히 손으로 쓰다듬어주고는, 때를 밀기 시작했다. 엄마가 등을 밀어주던 그 시간은 슬로 모션처럼 아주 천천히 지나갔다. 나는 그 손길과 엄마가 들이쉬고 내쉬던 숨들을 잊지 않으려고 애썼다. 트리트먼트가 흘러내린 건지 물이 튄 건지 눈이 맵고 코끝이 찡했다.

"엄마, 나 결혼해도 이렇게 엄마랑 목욕탕에 올 수 있을까?"

그날은 나의 결혼식 전날이었다.

"하이고야, 내가 니 때밀이가?"

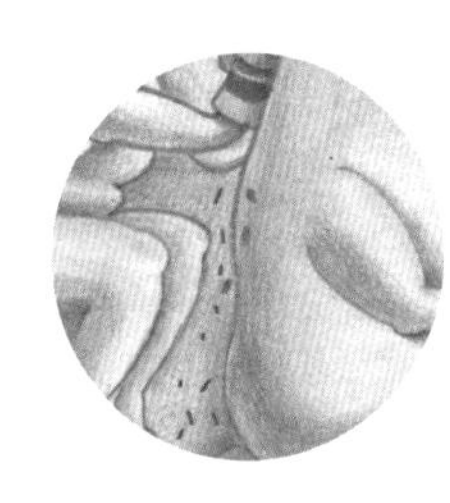

엄마는 투덜대며 계속해서 등을 밀어주었다.
때가 많이 나왔다.

## 방랑자

◇◇◇◇◇◇◇

### 상황 1

집 안은 고요했고 불도 꺼져 있었다. 나는 현관문을 살살 닫고 도둑고양이처럼 살금살금 신발을 벗었다.

"니는 집이 하숙집이가?!!"

어둠 속에서 엄마의 날카로운 목소리가 날아들었다. 내가 우물쭈물대자 더 짜랑짜랑한 목소리가 내리꽂혔다.

"도대체 지금이 몇 신줄 아나? 며칠째 야밤에 들어와서는 아침에 잠깐 코빼기 비추고 휙 나가버리고. 엄마가 하숙집 아줌마로 보이나 보지?"

상황 2

"엄마, 배고파. 밥 먹자."

"니는 우째 젊은 애가 주말 내내 집에서 누워만 있노.

안 답답하나?"

"약속도 없는데 어딜 나가."

"젊은 처자가 이리 집에만 있어서 언제 연애해서 언제 결혼하노?

나가서 만나라 좀! 제발!"

"아, 몰라. 배고파."

"으휴, 내가 저거 밥해 먹이다 늙어 죽지, 죽어."

'어머니, 저는 정녕 어디로 가야 한단 말입니까?'

상황 1과 상황 2의 무한 반복=결혼 전 나의 삶

신혼집의 방 하나를 작업실로 쓰며 하루 세끼를 내 손으로 차려 먹으며 사는 지금, 방랑자였던 그때가 가끔 그립다.

## 리바이스 청치마

엄마의 옷장 정리를 돕다가 리바이스 청치마를 발견했다. 발목까지 오는 길이의 그 파란 치마는 앞부분의 단추 디테일이 허리부터 밑단까지 이어진 은근히 도발적인 디자인이었다. 무려 엄마가 고등학생 때부터 입던 거란다. 유행은 돌고 돈다는 말을 실감했다. 내가 입어도 전혀 어색하지 않을 것 같았다.

"어머, 엄마는 왜 이 귀하고 좋은 걸 여태 옷장에 숨겨놨어? 이거 나 가질게!"

선뜻 치마를 건네는 엄마의 표정이 당당했다. 입어보니 나에게 작았다. 맙소사. 허리 사이즈가 무려 24인치였다. 살구색 타이어 두 개를 끼고 있는 엄마의 현재 몸을 보았을 때 믿어지지 않는 숫자였다.

리바이스 청치마에선 엄마의 젊은 날이 고스란히 느껴졌다.

24인치에서 지금 사이즈(는 비공개로)에 이르기까지 실로 긴 시간이 흘렀구나. 숨을 참아가며 작은 치마에 몸을 넣어본들 닿을 수는 없겠지. 나는 나의 뱃살을 원망하며 옷장 한쪽에 리바이스 청치마를, 아니 엄마의 청춘을 곱게 접어 넣었다.

## 종교전쟁

"똑똑한 과학자나 철학자가 종교를 갖는 건 어떻게 설명할 건데?"

"신을 믿는 건 그 사람들 마음이고 나는 그냥 무신론자야."

"당신은 당신이 세상에서 제일 잘 낫지. 믿는 건 그저 자신뿐이라니까."

"그런 게 아니라, 내가 신을 안 믿는 것을 당신이 존중해줘야 한다는 거야."

"예전에도 같이 교회에 가자고 그렇게 간청해도 들은 척도 안 했다, 네 아빠는. 정말 고집 센 사람이데이."

팥빙수는 속절없이 녹고 있었고 목소리는 점점 커졌다. 기독교인 엄마와 무교인 아빠의 논쟁은 부부싸움으로 번져갔다. 20년의 역사를 가진 오랜 싸움이었다. 엄마는 어린 나와 동생을 데리고 교회에 갈 때마다 아빠에게 오늘만 같이 가자고 했다. 아빠가 그 부탁에 응한 건 지금까지 단 한 번이었다. 그런데 말이다. 켜켜이

쌓인 엄마의 서운함이 하필 사위와 있을 때 터져 나올 건 뭐란 말인가. 나는 심히 괴로웠다.
엄마 편을 들었다, 아빠 편을 들었다 하며 나도 갈피를 못 잡았다. 남편은 세상에서 가장 어색한 표정으로 돌처럼 굳어서 땀을 분출하고 있었다. 나는 가까스로 엄마 아빠의 흥분을 가라앉혔다. 엄마 아빠는 토론을 한 거지 싸운 게 아니라며 머쓱해했다. 나는 남편을 일으켜 재빨리 자리를 떴다.

차에 타자마자 남편이 식은땀을 닦으며 말했다.

"여보, 이건 종교전쟁입니다."

## 출산장려정책

결혼한 지 2년이 되어가는 내게 엄마는 어서 손주를 안겨달라며 성화다. 신혼의 즐거움을 오래 가져가고 싶다고 핑계를 댔지만 사실 경제적인 부분, 일과 육아를 병행하는 데서 마주할 갈등과 스트레스에 두려운 마음이 앞서 자녀계획을 미루고 있었다.

어느 주말 저녁 남편과 친정에 갔다. 항상 그렇듯 우리 부부는 배가 터지게 밥을 먹고 나서 몽롱한 상태로 눕다시피 소파에 앉아 있었다. 엄마가 갑자기 핸드폰 화면을 우리 부부에게 들이밀었다.

"자네들, 혹시 이거 봤는가? 너무 기가 막히제? 호호호호홍."

그것은 인삼의 특정 뿌리를 부각하거나 합성하여 만든 야한 유머 이미지였다.

순진한 사위는

"어머니, 재밌네요. 하하하하"

라는 기계적인 멘트를 하며 얼굴을 붉혔다. 나는 말없이 어색한 웃음만 짓고 있었다.

집에 돌아와서는 너무 많이 먹었다며 소화제를 먹고 몸져누운 남편을 보며 엄마에게 문자를 보냈다.

'어머니. 이번 출산장려정책은 실패입니다.'

"호호호호홍."

## 거울

◇◇◇◇◇

"나는 엄마와 얼마나 다른 삶을 살고 있는 걸까?"

## 부부

◇◇◇◇◇

여자는 오늘도 끓어오른다.

빨래통에 벗어던진 남자의 뒤집힌 양말을 보며 화가 치민다.

과자 부스러기가 묻은 손을 바지에다 스윽 닦는 남자가 밉다.

화장실 문을 닫지도 않고 양치질과 가래 뱉기와 코 풀기를

동시에 시전하는 남자가 더럽게 느껴진다.

끓어오를 대로 오른 여자는 남자에게 한바탕 쏟아내고야 만다.

남자는 반격을 하지도 습관을 바꾸지도 않는다.

둘은 오늘도 함께 식탁에 앉아 밥을 먹는다.

이들은 부부다.

## 세공사들께

어머니, 아버지.

분명 30여 년 전, 제가 태어났을 무렵에 저에게 다른 건 바라는 것이 없다, 건강하게만 자라다오, 라고 하시지 않으셨습니까? 그때 제가 말을 할 줄 몰라서 가만히 있었지 마음속으로는 아주 크게 '네'라고 대답했습니다.

그런데 어머니, 아버지.

제가 착한 딸이라 말을 안 해서 그렇지 늘 저에게 다른 무언가를 바랐던 거 같은데. 아닌가요? 적당한 시기에 번듯한 곳에 취업을 하고, 남들 갈 때 시집을 가고, 늦지 않게 손주를 낳아 안겨주고. 저에게 이런 걸 바란 건 아니죠?

네?

잘 안 들리는데 조금만 더 크게 말씀해주세요. 아, 다 저의 행복을 위해서였다고요. 압니다. 그건 잘 알아요.

그런데 제가 생각하는 행복과 어머니, 아버지가 생각하는 행복이 다를 수도 있잖아요?
네? 이제 와서 이러기냐고요? 어차피 다 네 마음대로 하지 않았냐고요? 그래요. 저는 번듯한 곳에 취업하는 대신 불안정한 프리랜서가 되었고, 결혼을 일찍 하진 않았지만 요즘은 다들 늦게 한다고요. 아, 그리고 손주는 뜻대로 되는 게 아니고 요즘은 경제적인 부분을 생각하지 않을 수…… 네, 뭐, 어쨌든, 죄송합니다. 그만할게요.

하지만 저는 애초에 바라셨던 '건강하기만' 하는 것도 힘이 들어요. 건강하기만 하는 데도 많은 노력과 시간과 돈이 필요하다고요. 육체적 건강과 정신적 건강 이 둘의 균형을 유지하기가 날이 갈수록 더 어려워요.

부디 지금도 제가 건강하기만을 바란다고 말해주세요. 어머니, 아버지가 원하는 그 무언가를 만들지 못해도 너무 실망하지 마시고요.

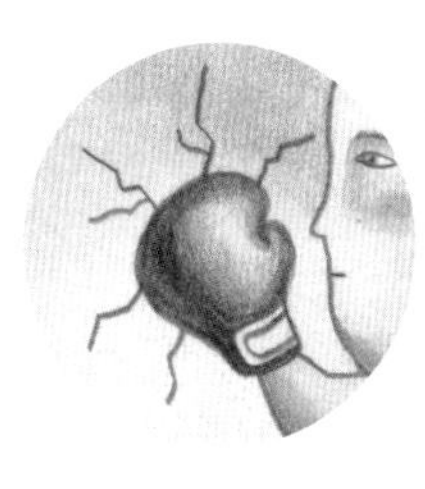

오늘부로 제가 착한 딸이라고 했던 것은 취소합니다.
탕, 탕, 탕.

## 화장대

엄마는 한 번도 화장대를 가져본 적이 없다. 안방 침대 옆 서랍장 위나 티브이 아래 거실장 한편이 늘 엄마의 화장대였다. 형편이 좋지 못한 것도 아니고 집이 작아서도 아니었다. 왜 엄마는 화장대를 두지 않은 것일까. 그게 어릴 때부터 이해가 되지 않았다.

엄마는 가족들 앞에서 좋은 것을 하지 못하는 성격이다. 복숭아를 자를 때도 크고 달달한 부분은 건네고 씨 근처 살들만 후루룩 먹곤 했다. 비싸고 좋은 옷이 아니라 싼 옷을 샀을 때만 자랑을 하곤 했다. 좋은 것을 사고 나면 며칠 동안 두근거려서 잠을 잘 못 자곤 했다.

조금 늦었지만 지금이라도 엄마가 화장대를 가졌으면 좋겠다. 큼직하건 작건 우아하건 단출하건 엄마만의 화장대를.

## 패잔병

나는 패자가 된 것 같았다. 아니, 나는 패자였다. 프리랜서 일러스트레이터로 수년간 고군분투해왔는데 거짓말처럼 일이 뚝 끊겨버렸다. 내 작업에 대한 자괴감과 앞날에 대한 불안감이 하루하루 나를 잠식해갔다. 또 다른 크고 작은 골치 아픈 개인사까지 겹쳐 몸과 마음은 나날이 피폐해지고 있었다. 조금만 건드려도 바스러지는 메마른 식물이 되어버린 것 같았다.

마침 작업실 계약도 끝나가던 시점이라 나는 작업실을 빼고 당분간은 집에서 일을 해야겠다고 마음먹었다. 정작 일은 거의 안 하고 가족들과 함께 시간을 보냈다.

눈 뜨면 나가서 밤늦게야 돌아오던 딸이 갑자기 백수처럼 집에서 가만히 있기만 하니 엄마는 얼마나 걱정이 되었을까. 하지만 엄마는 어떤 위로나 질책의 말도 하지 않았다. 아침엔 아줌마들이 득실대는 동네 요가 학원에 출석시키고, 점심엔

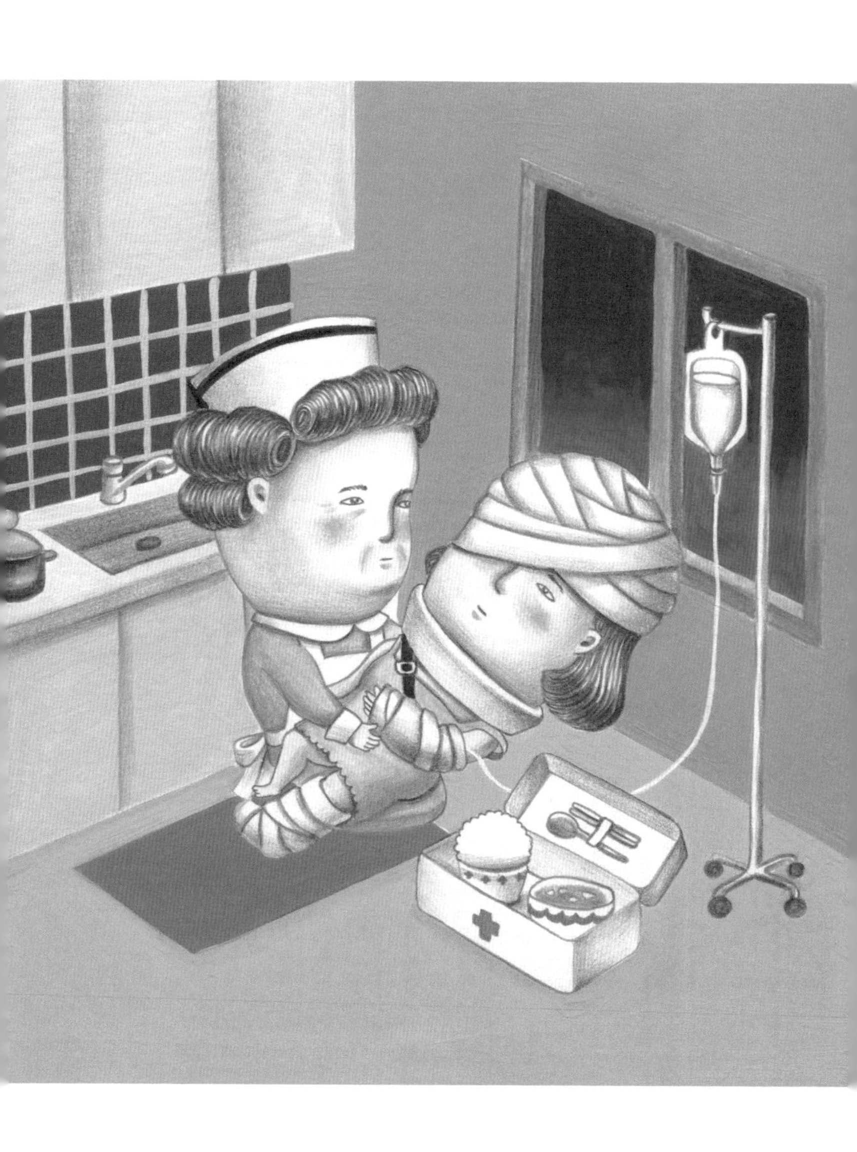

있는지조차 몰랐던 집 근처 공원에 데려가고, 저녁엔 저녁밥을 지어 먹였다.

그렇게 얼마간의 시간이 흐르자 오랫동안 감고 있던 눈꺼풀을 뜰 힘이 조금 생겼다. '나'라는 사람이 아직 살아 있다고, 계속 그림을 그리고 있다고 세상에 다시 외치고 싶은 마음이 솟아났다.

말라버린 식물에게 필요한 건 물이다.
나중에야 알았다. 그 시간 동안 매일 엄마가 주는 물을 먹고 마시며 생기를 얻고 조금씩 살아났다는걸.

"말라버린 식물에게 필요한 건 물이다."

나의 웨딩드레스는 엄마의 웨딩드레스보다 세련되면서도 간결했다.

나의 예식장은 엄마가 결혼했던 예식장보다 화려하면서도 넓었다.

엄마가 바란 건 단 하나였다.

딸의 미래가 자신의 과거보다 낫기를.

## 구출

◇◇◇◇◇

아빠 대원, 동생 대원 들리나, 오버.
지금 당장 그녀를 구출하라, 오버.

결혼을 한 지금에야 엄마가 종일 설거지 더미 속에 묻힌 채
외치던 목소리가 선명하게 들린다.
분홍색 고무장갑의 주인이 왜 정해져 있다고 생각했을까.

아빠 대원, 동생 대원 들리나, 오버.
부탁인데 반드시 그녀를 구출하라, 오버.

# 삼대복

◇◇◇◇◇◇◇

퇴직 후 아빠는 쉬지 않고 이력서를 썼다. 가족들 모두 이제 그만 쉬시라 했지만 그러지 않았다. 쉬는 방법을 아빠는 몰랐다. 아빠는 넘치는 시간의 바다에 잠겨 있었다. 배를 타고 항해를 할 줄은 알았지만, 서프보드를 타고 파도를 즐길 줄은 몰랐다.

그랬던 아빠가 떠났다. 끝내 재취업에 성공해 인도네시아 현장의 감리직으로 1년간 가게 된 것이다. 아빠는 다시 일할 수 있다는 것에 기뻐했다. 가족들은 타지에서 혼자 지내게 될 아빠를 걱정했지만 결국 보낼 수밖에 없었다.

"아빠가 지난주에 떠나셨어요."

얼마 후 시댁에 갔을 때 아빠의 출국 소식을 전했다.

福

"그래, 혼자 타지에서 고생하시기는 해도 우리 나이에 다시 일을 한다는 것은 좋은 일이니 너무 걱정 말아라. 그나저나 안사돈은 삼대복(三大福)을 다 가지셨구나. 진정으로 부럽구나."

시어머니가 의미심장한 표정을 지으며 말씀하셨다. 삼대복? 내가 의아한 표정을 짓자 시어머니는 시아버지 눈치를 한번 쓰윽 보시곤 말씀하셨다.

"아가. 여자에게는 무릇 세 가지의 복이 있단다. 첫째는 딸을 가진 복, 둘째는 여자 형제가 있는 복, 그리고 셋째는 '남편이 멀리 떠나 있는 복'이다. 나는 그중 하나도 가진 게 없는데 안사돈은 다 가지셨구나."

허를 찌르는 유머였는데 시아버지가 계셔서 크게 웃지는 못했다.

"안사돈은 잘 계시고?"

나는 대답했다.

"엄마는 놀러 가셨어요. 친구분들과 제주도에 가셨답니다."

## life is long

"인생이 길다."

차를 한 모금 홀짝이곤 엄마가 말했다.

'인생은 원래 짧은 거 아니었나? 눈 깜빡하는 사이 지나가는 게 인생 아니었던가? 인생이 길다니! 말도 안 돼.'

요즘 엄마의 눈빛이 부쩍 공허해졌다. 열심히 키운 큰딸을 시집보내놨으면 예전보다 자유롭고 신나게 살아야 할 터인데 의욕이 없어 보인다.

"그래 엄마, 100세 시대야. 우리 키우느라 고생했으니 지금부터는 꽃길만 걸어야지. 하고 싶은 거 다 하면서!"

엄마는 대답이 없다.

엄마의 공허한 얼굴에 대고 이런 무책임한 말을 하다니.
뭘 어떻게 해줄 것도 아니면서.
엄마에게 남은 30년 정도의 시간,
엄마는 어떻게 그 시간을 채워야 할까.
남은 꽃길이 있긴 할까.

엄마 말처럼,
인생이 참 길다.

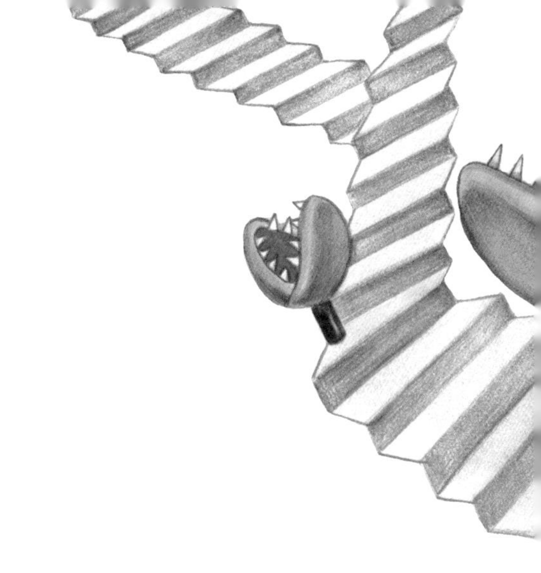

"엄마는 어떻게
그 시간을 채워야 할까."

## 세인트 마마

엄마의 희생. 엄마의 밥.

그래, 이런 것들 신성시하는 거 촌스럽고 식상하다. 그래도 난 말하고 싶다. 고맙다고 수고했다고 말하고 싶다. 엄마가 지어준 수만 번의 밥. 나를 길러내며, 가족을 돌보며 보낸 엄마의 청춘. 엄마의 잠 못 이루던 밤들.

내가 아니면, 딸이 아니면 누가 우리 엄마를 알아줄까.

오늘은 꼭 엄마에게 말해야지. 우리 엄마,

고맙습니다.
고생했습니다.
사랑합니다.

ST.MAMA

## 예언자

◇◇◇◇◇◇◇

나는 예언 같은 거 믿지 않았다. 운명 따위는 없다고 생각했다.

"왜 악담을 해? 왜 아직 닥치지도 않았는데 그런 식으로 말해? 엄마가 뭘 안다고."

예언은 잔인했고 나는 찝찝하고 기분이 좋지 않았다. 그로부터 1년 뒤 어느 주말, 그사이 결혼을 한 나는 남편과 누워 있었다. 침대와 우리 부부는 하나가 되었고, 전날 밤 먹다 남은 치킨은 아직도 식탁 위에 있었다. 순간, 나는 등골이 오싹해지며 팔에 닭살이 돋는 것을 느꼈다. 예언이 적중하고 만 것이다.

"지금 니 방 꼬라지를 봐라. 너 분명 결혼해서도 이렇게 지저분하게 해놓고 살 거다. 밥도 잘 안 챙겨 먹고 만날 치킨 시켜 먹고 그럴 끼제? 어휴, 안 봐도 비디오다 비디오."

## 고장 난 라디오

그제도 듣고 어제도 들었던
끄고 싶어도 끌 수가 없었던
고장이나 나라고 악담을 퍼부었던, 그 소리들.

일찍일어나라공부는했노그래가지고뭐가되겠노방청소좀
해라방꼬라지가그게뭐꼬머리좀잘라라미친년같다머리카
락은다누가치우는데다시한번늦게들어오면다리몽둥이를
확분지를끼다그놈때문에언제까지울고나자빠져있을건데
결혼은안할끼가엄마친구딸들은다결혼했다운동해라운동
젊어서관리해야지하모건강이최고다니는딸년이라는게우
째그리무뚝뚝하노밥잘챙겨먹고다녀라제발엄마소원이다

이제는 아주 가끔밖에 들을 수 없는
고장 난 라디오 같은 엄마의 잔소리.

## 그녀들

엄마와 나의 실랑이가 정점에 다다를 때 그 소재가 사소하면 사소할수록 어김없이 등장하는 이들이 있다. 바로, 그녀들이다.

"엄마, 그래도 신혼인데 이 화이트 이불로 할래. 진짜 내 로망이었어. 아니 평생소원이었어!"
"안 된다. 네가 이불 빨래를 자주 할 가시내도 아니고 금방 더러워져서 안 돼."
"자주 하면 되잖아. 뭐 묻은 게 잘 보여서 더 자주 할걸?"
"아 됐고. 엄마 친구들이 다 그러더라. 딸 결혼할 때 흰 이불 사줬더니 다 처박아놓고 안 쓴다고. 네 신혼집엔 넣어둘 데도 없잖아. 그냥 엄마 말 들어."

'엄마 친구들이 다 그러더라'

라는 엄마의 논법은

'네가 지금 엄마 말을 하찮게 듣는데 엄마에게는 엄마와 뜻을 나눈 많은 동지가 있으며, 그녀들은 너보다 30년은 더 살았고, 결혼 생활도 너보다 몇십 년은 더 해본 지혜로운 여성들이다. 엄마와 그녀들의 의견에는 언제나 심연보다 깊은 뜻이 담겨 있다. 엄마만 이런 생각을 하는 게 아니라 그녀들도 절대적으로 엄마와 뜻을 같이한다. 그러니 그만하고 엄마 말을 따르라'

는 뜻이다.

내가 내 남편과 덮을 이불을 고르는데 왜 그녀들의 의견까지 참고해야 하는 걸까.

결국, 난 화이트 이불을 포기했다.
물론, 그녀들이 아니라 엄마를 위해서였다.

"그녀들이 아니라 엄마를 위해서였다."

## 엄마의 엄마

남편이 심한 기침감기로 아팠을 때 나는 알게 되었다. 내가 누군가를 옆에서 돌보는 것이 처음이라는걸. 당황한 나는 엄마에게 전화를 했다. 송 서방이 아픈데 어떻게 해야 하냐고.

채소와 고기를 넣어 영양가 있는 죽을 끓일 것.
약을 챙겨 먹일 것.
얼음찜질을 해줄 것.
감기 스프레이를 수시로 목에 뿌려줄 것.
따뜻한 물에 (엄마가 만들어준) 도라지청을 타서 줄 것.

막상 들어보니 특별할 것도 없었다. 나는 의욕이 마구 솟아올라 엄마가 말해준 간호 비법들을 빠짐없이 수행했다. 가장 힘든 건 얼음찜질이었다. 냉동실에 넣어둔 젖은 수건을 물에 담갔다가 꼭 짜서 몸에 얹어주기를 여러 번. 손이 시리고 팔도 아팠다. 고행이 따로 없었다. 나는 남편의 열을 내리겠다는 의지로 이 짓을 수십

번이나 반복했다. (내 간호 일기를 한참 듣던 동생이 얘기해줘서 알았다. 약국에 가면 해열 시트란 것이 있다는걸.)

저녁이 되자 아픈 남편 옆에 나도 같이 뻗어버렸다. 곤히 잠든 남편의 얼굴에서 왜 엄마 얼굴이 떠올랐을까. 엄마가 아플 땐 얼음찜질은커녕 죽 한 번 끓여준 적 없는 딸이었다. 약 한 봉지 사다 주면서 그러게 왜 무리를 했냐며 잔소리했던 딸이었다. 엄마는 아플 때면 얼마나 쓸쓸했을까. 얼마나 외할머니 생각이 났을까. 몸도 시리고 눈가도 시려왔다.

엄마에게도 엄마가 필요하다. 엄마를 돌보아주고 밥을 챙겨줄 사람이 필요하다. 기침감기로 아플 땐 얼음찜질도 해주고, 짜증 난다고 투정을 부릴 땐 그저 받아주는 그런 엄마가 필요하다. 하지만, 없다. 모든 걸 훌훌 벗어던지고 편하게 기댈 수 있는 이가 엄마에게는 없다. 엄마에게는 엄마가 없다.

엄마에게도 엄마가 필요하다.

## 엄마에게

엄마.

나 어제는 저녁에 오징어볶음을 만들었어. 물론 엄마의 오징어볶음이 내는 감칠맛은 없었지만 그래도 남편과 맛있게 먹었어.

나 요새 건강도 괜찮아. 운동도 일주일에 두 번 정도는 하고 있고 비타민도 이제 알아서 잘 챙겨 먹어.

요리나 청소 같은 집안일에는 눈곱만큼도 관심 없던 내가 도대체 어떻게 해놓고 사냐고? 미안하지만 엄마, 지금 우리 집은 정말 깨끗하고 남편과 함께하니 하나도 안 귀찮네. 나도 이런 내가 놀라워. 예전의 염치없던 귀차니스트는 잊어줘.

나 지금이 참 좋아. 착하고 마음 잘 맞는 듬직한 남편이랑 즐겁게

잘 살고 있어. 그러니 내 걱정은 조금 덜 해도 좋을 것 같아. 30여 년을 매일같이 먹여 살렸으면 이제 엄마는 적어도 나 한 사람의 몫만큼은 쉬어야 하는데, 결혼 이후에는 거의 두 집 살림을 하는 것 같아. 엄마의 밥이 세상에서 가장 맛있지만, 내 남편에겐 내가 해주는 음식을 먹여야지, 엄마가 아니라.

엄마.

이제는 나를 내려놔줘. 서운하게 생각 말고, 또 나를 정 없다고 나무라지 말고. 집에서 혼자 내 생각, 내 걱정 하지 말고 운동도 더 하고 밖에서 배우고 싶은 거 더 배우고. 사실 나는 엄마 생각이나 걱정 별로 안 해. 어떻게 하면 내 일을 더 잘할까, 어떻게 하면 내 남편이랑 더 즐겁게 살까 하는 궁리만 한다고.

나 이제 엄마 품에서 내릴래. 서른 살 넘은 딸은 엄마에게 너무 크고 무겁다. 나의 일도 다 엄마 일이라 생각하지 말고, 난 괜찮으니 제발 내 걱정은 조금이라도 덜 하고. 이제 정말 엄마 품에서 내려올래.

많은 말을 했더니 갑자기 지난달에 엄마가 만들어준 간장게장이 생각나네. 또 만들어달란 말은 아니고. 그냥 그렇다고.

## 삶은 무게

엄마는 점점 작아지는데 점점 무거워지는 거 같다.
아이러니다.

## 좀도둑

일요일에는 주로 남편과 시간을 보낸다. 결혼식이나 친구 모임으로 꽉 찬 토요일이 지나고 단둘이 맞는 일요일은 참 소중하다.

하지만 오늘도 어김없이 고요한 일요일의 아침을 깨우는 벨 소리가 들린다. 그 시간에 전화를 거는 이는 한 명밖에 없다.

"뭐 먹고 사노."

엄마다. 엄마가 먹을 걸 만들어놨으니 가지러 오라 한다. 오늘도 오붓한 일요일은 불발이다. 새벽부터 각종 반찬을 하느라 애썼을 엄마에 대한 미안함을 제쳐두고 1시간 거리의 친정집까지 가는 귀찮음을 드러내보지만 엄마는 완고하다. 나는 할 수 없이 친정으로 갈 준비를 한다.
마트에서 일주일 치 장을 본 만큼이나 많은 엄마표 음식들. 이걸

혼자 언제 다 만들었을까. 엄마는 왜 다 커서 결혼한 자식과 그의 남편 몫의 식사를 걱정하고 챙기는 걸까. 하지 마라, 안 가져간다 하면 왜 그리도 서운해하는 걸까.

엄마는 음식이 아니라 시간을 만든 건 아니었을까. 나와 남편의 재잘거림으로 한적함이 가시고 집의 온도가 조금 올라가는 시간을 위해 그 많은 반찬들을 만든 건 아니었을까.

뭐, 어쨌든 나는 엄마가 부르면 간다.
이제 그만 구시렁대고 출발해야겠다.

쌀

아직도 잘 모르겠습니다.

왜 자꾸 엄마가 외로워 보이는지,
불안해 보이는지.

왜 만날 거실 소파 앞에서 얼굴에 팩을 붙인 채로 잠이 들고,
오랜만에 놀러 온 딸네 신혼집에서 웬 청소를 해주겠다는 건지,
어깨와 팔에 파스를 덕지덕지 붙이고서도 딸네 냉장고 사정에는
왜 그리 관심이 많은지,
나는 그런 엄마에게 왜 자꾸 '됐어, 필요 없어, 괜찮아'라는 말만
하게 되는지.

엄마는 무뚝뚝하고 이기적이고 틱틱거리기나 하는 딸을
왜 그리도 사랑하는지.

얼마 되지 않은 일입니다.

내 엄마가 미스터리한 여인으로 느껴지기 시작한 건.
엄마가 간절히 궁금해진 건.

어쩌면 아무도 궁금해하지 않을 내 엄마와 나의 자잘한 일상,
싸움, 숨겨놓은 마음 같은 것들을 정성스럽게 그리고 싶어진 건.

2017년 여름

이민혜

엄마라서



초판 1쇄 인쇄 2017년 7월 12일
초판 1쇄 발행 2017년 7월 18일

지은이 이민혜
펴낸이 이상훈
편집인 김수영
기획편집 정진항 김준섭
마케팅 조재성 한성진 정영은 박신영
경영지원 정혜진 이송이

펴낸곳 한겨레출판㈜ www.hanibook.co.kr
등록 2006년 1월 4일 제313-2006-00003호
주소 서울 마포구 효창목길 6(공덕동) 한겨레신문사 4층
전화 02) 6383-1602-1603
팩스 02) 6383-1610
대표메일 munhak@hanibook.co.kr

ISBN 979-11-6040-082-3 03810

• 책값은 뒤표지에 있습니다.
• 파본은 구입하신 서점에서 바꾸어 드립니다.